KB147772

계절의 문양

황금알 시인선 221
계절의 문양

초판발행일 | 2020년 11월 25일

지은이 | 박우담
펴낸곳 | 도서출판 황금알
펴낸이 | 金永馥
선정위원 | 김영승 · 마종기 · 유안진 · 이수익
주간 | 김영탁
편집실장 | 조경숙
표지디자인 | 칼라박스
주소 | 03088 서울시 종로구 이화장2길 29-3, 104호(동숭동)
전화 | 02)2275-9171
팩스 | 02)2275-9172
이메일 | tibet21@hanmail.net
홈페이지 | http://goldegg21.com
출판등록 | 2003년 03월 26일(제300-2003-230호)

*이 시집은 경남문화예술진흥원의 문화예술지원을 보조 받아 발간되었습니다.

경남문화예술진흥원
GYEONGNAM CULTURE AND ARTS FOUNDATION

*이 도서의 국립중앙도서관 출판예정도서목록(CIP)은 서지정보유통지원시스템
  홈페이지(http://seoji.nl.go.kr)와 국가자료종합목록 구축시스템(http://kolis-
  net.nl.go.kr)에서 이용하실 수 있습니다. (CIP제어번호 : CIP2020046434)

계절의 문양

박우담 시집

황금알

발 내딛는 곳이 길이다

어디로 걸어왔는가 어디로 걸어갈 것인가

깊이 생각하면서

그 발걸음들을 조심스레 묶어본다

이 시집은 얼마 전 먼 길을 나선 어머니께 바친다

그리고 늘 곁에서 발걸음을 더해주신

모든 분들께 감사의 인사드린다

2020. 6

차 례

1부

3부

4부

1부

자귀꽃

그림자에 앉은 깃털이 흔들려요 새가 개울물 소리에
맞춰 깃털을 흔들고 있어요 시간의 깃털이 당신의 심장
에 쌓여요

그림자를 슬며 당신이 개울 속으로 들어가고 있어요

태피스트리
— 섬

어둠이 섬을 수놓는다

바짓가랑이에 매달려 있던 그림자
실오라기 빠지듯 달아난 호수
호수는 그 많던 그림자를 어디로 보냈을까

어둠 속으로 기억이 흘러갔다

어둠으로부터 어둠에까지
발목에 걸린 너의 이름은 잊혀졌지만
물속을 더듬으면 손에 닿을듯한 너의 실루엣

끝없이 이어지던
물결이
가시처럼 그림자를 삼켜버렸다

먹다 남은 섬을 베어먹듯
발목에 걸려있는 덜 벗겨진 속옷을
다른 발로 벗기듯

노을 밖으로 던져진 너의 매듭들

태피스트리

1
여분의 바람이 분다

날개로 깨어나고 날개 위에 잠드는 바람
고추잠자리 트랙 너머를 맴돌고 있다
버거워 보이는 날개로

끝이란 없다 그 너머가 있을 뿐

2
바람에 시달린 날개가 수놓고 있는 그림
인조잔디 씨앗만큼 많은 날갯짓으로 그림자를 풀어주
며 당기는 때때로 천을 붉게 물들이는 바람

무리에서 이탈한 녀석이 트랙은 안중에도 없이 곧장
날아 자기 몫의 그림을 새긴다

3
때때로 앞으로, 뒤로, 옆으로, 나를 따라다니던 그림자

갈 곳이 정해진 듯 날갯짓이 계절의 문양을 수놓는다

운동장을 벗어난다는 건 그림자와 색의 여분을, 경계
를 알아차리는 것

4
나는 너머와 너머를 서로 연결하는 내 날개의 매듭을
묶는다

그림자 1

1
의자에 걸친 패딩
짐승의 눈빛으로 섬뜩하리만치 골목을 응시하고 있다

2
식은땀을 닦는 담배 연기가 내 발뒤꿈치를 물어뜯는다
사내들의 바짓가랑이에 끼인 골목 가로등

날벌레처럼 떼 지은 별빛, 눈썹 가까이로 덤벼드는 그
림자, 꿈은 늘 가위눌림에 묶여 있다

3
보이지 않지만 수상한 계절처럼 신발 끄는 소리 들려
오고,
이어폰 속으로 들리는 내 숨소리 들린다

뭐든 올 테면 와봐!

눈을 뜬다

호흡과 함께 눈꺼풀이 열리고 피뢰침을 타고 내려온
꿈이 방전되었다

4
꿈을 쟁여놓은 골목이 자막처럼 펼쳐진다

순간이 나의 것이지만
무덤처럼 내 꿈속에 내가 맘대로 갈 수 없다

별빛 무도회

몽상에 잠기는 당신
먼저 온 발자국은 지워지고 그 자리에 탐욕스런 그림
자가 비스듬히 엉켜 붙는다

늘 망막 둘레만큼 풀어지고 감기는 그림자

잡초에 가려 볼 수 없었던 몽상에 잠긴 당신의 영혼을
증오와 상처로 부푼 비밀을 고백할 수 있을까

몽상에 잠길 때 당신의 망막을 통해 도취된 시간의 이
파리가 꿈과 뒤섞인다
표현할 수 없는 빛 알갱이와 숨의 그림자는 샴

서로 틈새를 만들기 위해 있다는 듯
당신의 숨구멍 가장 깊은 곳에 비밀이 있다는 듯
증오와 상처로 부푼 어둠과 빛이 흘러나온다

헝클어진 실밥처럼
찢어진 혈관처럼

비밀 안에서 기울어진 비밀이
당신이 흘러내린다

서로 떨어져야 할 운명
당신은 처음이자 마지막 길을 떠난다
망막이 뿌려놓은
수천의 꿈과 뒤섞인 채

네안데르탈 16
— 새벽

안개 덤불에서 고양이의 눈빛이 번진다
불안의 징후를 찾아다니는

고양이의 눈길에 헛기침하며 다가오는 그녀는 재즈풍
의 시스루를 걸쳤다
슬픔을 잉태한 올이 비치는 가슴
숱한 사연
벗겨진 청춘

관음증처럼 집요하게 접근하는 곁눈질의 눈동자들

무시무시한 음역을 가진 안개와 이종교배한 그녀는 슬
픔의 낌새가 살짝 비친다
우울, 분노, 광기
그 모든 것이 그녀의 가슴에 있다

불안은 이미 은밀한 약속인 듯
거미줄로 지은 천인 듯
온몸에 엄습해오는 물안개 덤불에는

처음 시도한 음역
연주자의 손가락
쭈뼛한 고양이털처럼 먼저 온 두려움의 징후가 번진다

그녀가 직조한 물안개 덤불이 헛기침과 함께 유령처럼
흔들린다

종種이 다른 올과 올 사이로
죽은 자의
눈물과 피가 번져있는 물안개

그림자 2

납빛 얼굴이 떨어진다

오싹할 정도로 목 없는 그림자가 강물에 부풀어 오른
다 모든 그림자는 발끝에서 나가고 발끝으로 모여든다
낯선 그림자의 바닥은 어디일까 암술의 끄트머리일까
그림자의 색조일까 아니면 의심만 남은 꽃잎일까

내가 내게서 오려지는
남의 뒤태는 위험하다

핼쑥한 잎의 독백처럼, 번진 혈흔처럼, 몸통 없는 얼
굴이 말라간다
세상의 끄트머리는 침대와 바닥 사이에 있다

그 사이에 창백한 맥박처럼 꿈의 각질이 쌓인다 꽃잎
이 가라앉는다 내 머릿속에 자리 잡지 못한 꿈

색 바랜 내 얼굴이
점점 내게서 달아나고 있다

손금

길을 걸었습니다

안개 내리깔리는 길
바짓단에 달라붙는 도꾸마리풀도 귀뚜라미도 만났습
니다
새들이 내게 말을 걸어옵니다
푸른색에서 검은색으로
검은색에서 흰색으로 변하는 새들의 언어
새 울음 소리가 내 가슴을 때립니다

새가 나를 나무랍니다

푸드득 새가 날자 씨앗이 낱말로 떨어집니다
떨어지는 위치를 알 수 없는 꽃잎처럼
안개 속에 길을 헤매면서 나는 받아적습니다

새는 무지한 나를 아직도 나무라고 있습니다
무채색 언어가 내 귓바퀴를 때리자
울리는 공명들

순간 씨앗이 퍼져나갑니다

새장 속의 새처럼
앞을 예측할 수 없는 문장 속에 나는 갇혀있습니다

불현듯 공포가 머리칼을 세웁니다
복선들이 바짓단을 끌어당기는 길

흰색에서 푸른색으로
푸른색에서 검은색으로
간혹
무지갯빛으로 다가오는 언어들

길을 걸었습니다 높낮이가 다른
도꾸마리풀처럼 안개가 내 가슴에 넘쳤습니다

새의 언어에 불안이 자라났으므로
길의 길 속으로 자꾸 빠져들었습니다

나는 이른 계절에 찾아온 귀뚜라미처럼
행간의 실오라기조차 놓쳐버렸습니다

어쩌면
내가 길을 잃어버린 게 아니고
길이 나를 놓쳐버렸는지 모르겠습니다

안개에 젖은 꽃잎처럼
문득 지나친 문장처럼

내 손바닥에 찍혀있는 새의 발자국

수박

무늬를 이루는 검은 줄이 현처럼 떨린다

네가 주먹으로 내리쳤지만 수박이 어설프게 깨어졌다

약간 벌린 틈새로
붉은 비가 쏟아지고 검은 씨가 내 곁으로 흩어졌다
느닷없이 땅에 박힌 운석처럼

속과 겉이 다른 우스꽝스런 색깔
너와 내가 다르듯

가로로 그어진 줄
완력에 묶여 있던 줄

힘주어 그 줄을 나는 잡아당겼다

내 손에 껍질에 그어진 줄이 늘어났다
운동회 때 돌렸던 원심력의 줄처럼 나는 늘어진 줄을
돌렸다

줄 사이로

삐에로
그리고 흐르는 음악
넘실거리는 깃발이 넘나들었다

줄은 파문처럼 동그라미로 생겼다가 수척해지고
붉은 비가 내리고 우박처럼 검은 씨가 쏟아진다
네가 다시 수박을 내리쳤다
두려움에 떨고 있는 수박의 피붙이들이 웅성거린다

바라보는 행인들의 피곤한 눈과 귀
검은 유성우가 쏟아지는 거리

길거리의 악사들과 삐에로의 등에 꽂힌 깃발만 보일 뿐
낯선 이방인의 노래처럼 유기된 수박

소문

　내가 머리를 헹구는 사이 기억 밖으로 별똥별이 쏟아
진다 별이 떨어지고 수챗구멍으로 어휘와 어휘가 실핏
줄처럼 빠져나가는 저녁
　귀에서 입으로 입에서 귀로
　배어있는 풀벌레의 울음소리
　몸보다 커진 성대
　젖은 날개
　별빛 반짝이는 사이 머리카락이 소리 없이 비누 거품
에 묻어날 때 상처로 채워진 너의 잿빛 입술이 거품처
럼 흘러내린다
　슬픔이 되풀이되는 밤이슬을 핥는 혀의 움직임
　희극과 비극의 끝에서 만난 귓속말
　저주의 언어가 웅성거리고 귀에서 입으로 입에서 귀로
　슬픔이 지나간 자리엔 새로운 슬픔
　파리한 얼굴

　소문은 불길하게 농익어가고
　기억을 벗어나려고 하는 상처는 죽음을 향해가는 구멍
이다

별이 떨어지고 수챗구멍으로 또르륵 구르는 밤이슬
너의 잿빛 입술
다시 나타나지 않는 편도의 기억
어눌한 죽음 뒤의 세계

몸을 뒤척이는 어둠이 눈꺼풀로 내려앉는다

태피스트리
— 네온사인

달이 수면을 들락거린다
고라니가 죽었다

고라니의 엉덩이처럼 빼어난 곡선을 그려내는 웅덩이

물에 비친 자신의 모습을 보고 움찔하는 짐승의 울음
소리 들린다
친숙한 울음은 물결 안으로 빨려든다 그 순간 불그스
레한 싸리꽃에 불꽃이 인다

간밤에 빠진 달빛이 들락거리는 웅덩이
어디서 기웃거리다가 꼬리만 남겨 놓고 달아난 달은
멀리 달아나지 못한다

길이가 다른 그림자를 끌고 가는
고라니 새끼가 달을 따라간다

짧은 꼬리만 한 고라니 다리 하나를 달빛이 핥는다
방전하듯 싸리꽃이 절뚝인다

싸리꽃은 필라멘트보다 연민의 그림자가 더 친숙하다

고양이

모퉁이의 가로등은 뼈 없는 뼈만 남아 있다 생선을 발톱으로 긁고 냄새를 맡은 고양이

간밤에 별을 삼킨 고양이
가로등이 별빛 바른 송장 같을까 말라가는 이파리도 아직 눈물이 남아 있다는 걸 보여주는 걸까

삼킨 별처럼 식탁은 가시와 눈물로 널브러져 있다 가시로 서로 연결된 항성도의 별을 바르고 있다 방울 소리 들린다 가로등은 뼈 없는 뼈만 남아 있다 살과 헤어진 뼈

잠든 아기의 입가에 묻은 사탕 부스러기가 별똥별로 떨어진다 방울 소리 들린다
소리는 비틀리고 메스껍지만 음역 밖의 별빛이 식탁을 때린다 별사탕은 뱃속에서 조금씩 녹는다 불빛은 신선하지는 않지만 그래도 가로등을 집어삼키는 고양이

울음이 혈관으로 들어가는 소리
조종을 울리듯 가로등이 방울을 흔들고 있다

베아트리체의 미로

고양이가 별빛을 핥는 지붕에 꽃이 피었다
외로운 영혼의 집

어릴 적 흔들리던 내 이빨도 먼 길 떠난 아버지가 남긴
옷도
지붕으로 갔다

몸통과 방울을 와송에 벗어놓고 고양이는 먹이를 찾아
간 걸까
아니면
먼 길 떠난 이들의 혼을 좇아간 걸까

아무도 탈색시키지 못하는 꿈

미로는 길을 만나서 또 다른 길을 만든다
허약하고, 침울하고, 혐오스러운
내가 보지 못한 길을 고양이는 알아채고 걸어간다
중력을 거부하려는 꿈
꿈을 울부짖는 너는 방울을 단 반골

나는 꿈속에서 길을 잃었다
그림자처럼 불안은 길어졌다

길 떠난 지 오래된
슬픈 영혼을 너는 볼 수 있을까

길은 길을 만나서 또 다른 길을 만든다
폐부 깊숙한 곳에서 숨을 끌어올린 지붕은
노인의 허리처럼 자꾸 낮아진다

고양이 울음소리가 나를 끌고 어디로 가고 있다

2부

유등

남강에 꽃무릇이 피었다 바람에 상처 난 붉은 꽃잎이
떠 있다

조각난 슬픔들

새를 강물에 던졌다

부리를 꼼지락거리자 물이 깃털처럼 푸드득거린다 햇살을 마구 씹은 물고기 배가 볼록해진다

놀란 물고기 공포의 높이로 뛰어오른다
붕어도 피리도 가물치도 뛰어오른다 약에 취한 물안개 몽롱하게 내 눈 아래 보이고, 미소 없는 흰자위가 물에 잠긴다

가슴은 가라앉지 않고 번쩍이는 불빛

새가 강물에 동그라미를 그렸다 동그라미 속으로 나도 들어간다
부리 달린 내가 날개를 펼치며

공포는 가라앉고 표정 없는 얼굴만 내게 남았다

태피스트리
— 추억

보이는 모든 것들은 점점 기운다
섬이 바다를 끌고 바다가 섬을 끄는

모터에서 쌀알처럼 쏟아지는 물알갱이

뒤따라오는 섬을 보면서 이따금 파도를
수면 높이의 자세로 흥건히 맞는
나는

바다가 섬에 숨고 섬이 바다에 숨는

웅크릴 수밖에 없는 바다의 명령에
따라오던 보이는 모든 것들이
어느새
물에 잠기고

떨어지다가 버티는 섬

지나간 것들은

머리에서 뜸 들이다가 가슴 쪽으로
기운다

물푸레 극장

잎이 영사기 돌아가는 소리를 낸다
암막 속의

소리는 상상의 세계로
끓어오르는 울화통으로
어떤 고민을 하는지 테세우스의 감탄과 흐느낌으로

칼을 들고 샌들 소리 내며 미궁 속으로
무작정 내달려간다
잎에서부터 나이테까지 돌아 나온 숨은

외친다 물소리
미궁 깊은 곳에서 빠져나온 듯
제법 객석의 호흡이 가빠졌다

잎은 뿌리의 고민을 잘 모른다
자신의 꿈을 위해 쓴 초록을
괴물 미노티우로스처럼 비극이 묻어 있는 초록을
잘 모른다

죽음이 징징대는 소리
검정도 녹색도 아닌 것이

동굴 속에서 흐느낀다
잎은 슬픔이라는 뿌리의 가닥을 모른 채 비극을 바라
본다
암막처럼

축구공
— 유령이 나오는 시간

담장 아래 실밥이 빠져있다
연가시처럼

유령이 나오는 오후 아홉 시

아홉 시만 되면 가죽 틈새에서 부스럭 소리가 들리고
유령은 괴기스런 몸동작으로 물감처럼 형상을 만들고
있다
공을 만질 때 들리던 목소리가 예고라도 하듯
물감은 말라붙었고 실은 누렇게 변해 오늘따라 빠르게
나는 몽상에 잠긴다

끝없이 꿈속으로 빠지는 것 같은
관능의 소용돌이
사랑의 맥박
이별의 울음소리와 함께
모자이크 처리된 일그러진 아이들의 얼굴이 그림으로
나타나는 오후 아홉 시

검은 마스크를 한 유령은 내 가슴과 입에서 투정과 발걸음 소리로 서식한다

내가 뿌려놓은 밤하늘에
사랑과 관능과 이별이 별처럼 번져간다
한때, 버림받은 아이의 하룻저녁처럼

슬픔과 슬픔 아닌 슬픔이 서로 껴안고
비밀스런 구멍으로 유령이 나오는 오후 아홉 시

나의
음산한 가슴에는 증오
입에는 욕설

그래도, 그래도

아직 남아 있는 가죽 냄새는
초록색을 내 망막에 번지게 한다

그림자
— 감꽃

1
간밤에 머물다 간 별빛이 뿌려놓은 듯
슬픔과 죽음을 품고 있는 감꽃이 마당에 널려있다

시들어가는 감꽃을 고양이가 뜀박질하고 있다
별과 별을 서로 연결하는 길을
눈시울에 슬픔이 자릴 잡은 길을 내고 있다

2
운세를 보여주듯 별자리를 즐기는, 감꽃 자리 별을 써
내려가는 고양이

고양이의 눈길은 침묵 안에, 침묵은 슬픔 안에
그 누구도 알 수 없는 길을, 막다른 길을 내고 있다

3
슬픔과 죽음의 눈시울을 뜀박질하는 그림자는 발톱에
서 꼬리까지 와 닿는다
어젯밤 머물다 간 별빛에 괜히 눈길을 돌리며 딴전을

피우던 고양이

  고양이는 막다른 길을 알고 있었을까 그 길을

  4
  그림자의 길은 운세
  고양이가 죽은 별 하나를 끌어당기고 있는 침묵의 그림자에 놀란다

  서서히 슬픔으로 물들어가는 운세를 고양이가 보여주고 있다

네안데르탈 17
— 플랫

구름과 바람과 눈물은 그리움에 가닿아 있다

꽃잎 속엔 구멍이 있고
그 구멍 속엔 별이 숨어 있지

꽃잎이 까매지는 까닭을
입술이 창백해지는 징후를 꽃은 말하지 않지

창틀이 뿌리를 갉아도
검은 비가 도로를 지워도 발목만 보일 뿐

그리움은 샵에서부터 플랫까지의 거리
플랫에서 샵까지의 높이
더 높이 보는 건 상상력의 몫이지

상상력은 높낮이의 은유

모든 중심은 뿌리에 가까우므로
역사는 나이테이므로
낮게 낮게 동굴로 모여들어 중심을 잡지

구름을 끄는 돌계단처럼 안개가 몸을 낮춘다

그러다가
내 가슴의 구들장을 때린다
바람과 구름과 눈물방울이 허기를 편곡하듯 비울음을
뿌린다

울음은 태양의 부스러기
내 몸속에도 울음을 길어 올리는 악보가 있다
지레 움찔하는 음지가 있다
높낮이가 있다

꽃잎 속엔 별이 숨어 있지

균열된 지하 바닥에서 올라온 색깔 다른 벽지
꽃잎은 색바랜 가슴을 떨고 있다

나는 울음을 잘 모르면서 울음을 그리워한다
구멍 속으로 꽃잎이 잠을 옮긴다

거미 2

예리한 별이 낸 구멍으로 새어 나온 꿈

손으로 뽑은 면발처럼 어둠이 잘 버무려진
지하 계단은
사탕 봉지의 그림처럼 궁금증을 예고하는

검은 환영들
어둠의 몽상

혹시 속옷에서 꿈의 악취가 날까
옆에 있는 고양이를 괜히 집적이는 아이처럼 내 불안
도 따라온다

아이의 자아처럼 베개를 더듬거리지만
면발에 양념 묻듯 불안이 스며들지
우울한 몽상가는 꿈을 빚어보지만 너는

애매한 지문
침묵의 눈꺼풀

거품 묻은 입술

뮤즈와 고양이 눈빛은 근친이다

꿈과 별사탕을 손에 쥔 아이의 자아처럼 베개를 더듬
거리지만
나는 내 눈꺼풀을 찾을 수 없지
네 번째 어둠
사십 번째 불안
사백 번째 잠을 자도
별빛에 눈이 먼 나는 정신없이 꿈을 꾸리라

열세 번째 축구공

슬픔과 우울 사이에 나는 꿈을 담는다 지푸라기처럼 그림자를 물고 시간을 감는다 그래서 마당은 그림자처럼 구겨졌다

깃털도 별빛도 욕설마저 떠난 후 누군가 나를 담장 밖으로 던져버렸다 그래서 난 창문도 없는 여관방을 전전했지 (이곳은 왼발이 내는 소리와 오른발이 내는 소리가 다르다)거울도 없고 전기도 없는 귀를 잘 펼칠 수 없는 좁은 곳 멍 때리는 곳

내 꿈은 자꾸 작아지고 그림자로 좁다란 골목을 감아버렸지 골목을 감아버린 것은 왼발의 우울도 아니고 오른발의 슬픔도 아니고 그렇다고 분노는 더더욱 아니지

별빛도 보이지 않는 여관방은 찢어발긴 그림자의 정글 같은 곳

슬픔 위에서 잠들고 슬픔으로 깨어나는

복도에 발등이 걸어 다닌다 발등으로 글을 읽고 글을
쓴다 지나가는 자의 처진 등을 보면 바닥의 등이다 끄트
머리의 등이다 공포와 굶주림에 지친 나는 그늘을 감고
펼치면서 사탕을 든 아이들을 바라보고 있지

　이제야 알겠다
　변두리 길 구르고 구르다가 멈추면
　죽도록 외로워지는 걸

낙엽

거미가 길을 내고 거품을 흘린
길 아닌 길

거품이 별을 불러오는 저수지
물결은 별과 별을 이어주는 거미줄

수면엔
흐느낌과 고통으로 가득 찬 별들의
언어가 있다

네가 슬픔에 짓눌릴 때 검은 별빛도
물결을 걷어내며 웅얼거린다
침묵으로 가라앉을 때까지

이마에 잘 떨어지지 않는 거미줄 같은 죽음
그렇게
너는 길 아닌 길로 나아간다

불임의 밤에 물결은

침묵 그리고
높이나 깊이를 가늠할 수 없는 슬픔의 언어

저녁놀과 새벽빛을 이어주는 새로운 길
거품과 거품
침묵과 침묵 사이 한 줌의 미라처럼 너는 잠든다

거품의 투쟁에서 태어난 새벽은
길을 벗어난다
죽음이라는 곳으로

꿈

그림자가 가지에 널려있다

이름 모를 새가 여러 마리 울고 있다
가지가 부러졌다

흔들리는 호흡으로 저혈당기를 느낀 나를, 사탕을 몇
개 입에 넣고 또 무엇을 먹을까 궁리하는 나를, 위로하
듯 새벽잠이 싹 달아나게 울고 있다

숲 가장자리 오두막에 쇄도하는 이별의 슬픔

해를 등진 애인의 표정은 그래도 몽환적이었다
아주 이상한 표정으로 애인은 꿈의 마디를 접고 있다

입에 넣은 사탕이 녹아 사라지듯 새소리도 점차 작아
지고 나의 불안도 차츰 지워졌다

불안이 가라앉았을 때 애인도 지워졌다
가지가 부러졌다

새로 그린 애인의 얼굴은 점으로 찍힌 그림자만 남기고 흩어졌다

초록 거미

거미가 그녀를 낳고 잠을 새기는 저녁

그녀의 팔뚝에 있는 문신처럼 상대를 휘감는 듯한 거
미의 눈빛
덩굴손으로 벽에 그림을 그리는 거미

수억 광년의 먼 별에서 초록별로 건너온 거미가 바람
에 벗겨졌다가 파였다가 지워졌다가
어두워져야 타고 오를 수 있는 고향의 별빛

별빛에 음각으로 찍혀있는 어둠의 치수를
우주의 좌표를 거미는 알지 못한다

그래서
출생지를 생각하면 머리가 띵하고 숨이 가쁘고 초록
머리카락이 쭈뼛 선다

꿈을 파먹는 거미의 자궁에서 자란 그녀
별에 관한 호기심으로 배를 채운다

거미의 눈은 관능과 고독 사이에 있다

그녀는 별빛을 타고 오를 수 없었던, 벽 앞에서 울 수
없었던 거미의 과거를 풀어나갔다

벽은 굴곡된 비표
어둠은 음각陰刻 된 무덤

그러나
과거는 자궁근종처럼 잘 풀리지 않는 기호일 뿐
미완성의 묘비만 남겨 두고 거미가 사라졌다

네안데르탈 18
― 뒷골목

뒷골목에는 행인들이 벗어둔 문장이 나부낀다

눈길을 걸었다
한철 푸르던 것들 다 벗어주고 나목만 그림자를 받치고 있다
골목이라 부르면 골목이고 눈밭이라 부르면 눈밭이 되는 길

눈에 파묻힌 계절은 행간의 길을 껴안고 있다
걷다가 거울을 주웠다
몇 광년 지난 얼룩을 잊지 못해 먼지가 번져있는 거울
모오스 기호로 적힌 듯 행간을 읽어내기 힘든 말라비틀어진 문자가 보인다

눈은 녹는다
거울 속에서 응시하는 눈빛을 느꼈다
눈 부릅뜨고 자기의 표정을 보고 행간을 읽으라는 듯
골목엔 경멸의 눈빛과 한숨이 어둠과 함께 흘러내리고 있었다

우리는 밤에만 기어 다니는 생쥐였다
생쥐라고 부르면 생쥐이고, 건달이라 부르면 건달이
되는 길

갑자기 내 발목이 눈 속으로 빠졌다 간신히 햇볕을 쬘
수 있는 수챗구멍
그 구멍은 아픈 기억이 있다
한때의 기억이 구멍으로 흘러나왔다
문맹의 공포에 사로잡혀 내 발목의 힘줄이 쪼글쪼글
말라갔다
그림자의 길이만큼 상처가 늘어났지만
난독의 아픔에 도저히 발을 뗄 수 없었다
발 닿는 곳곳이 아픔이다

전나무와 가문비나무 사이로 모음과 자음이 쌓이고 한
숨이 쌓인다

행간에 적힌 글씨가 시궁창의 입김과 함께 돋아났다

자음과 모음, 너와 나 사이의 거리
몇 광년을 돌아온 시간
태양은 끊임없이 타올랐고 빛과 그림자는 서로 숨바꼭
질했다
너와 나
조금 전에 스쳤던 그 얼굴
이제 말라가는 시간이다
수억 년 묻혀있던 내 표정은 굳어갔다

그날의 빛과 그림자로
발목의 힘줄이 불안의 기억에 사로잡혔다

오늘이 어제에게로 그림자와 함께 빠져나갔다

버드나무

1
네 얼굴이
노란 꽃잎으로 돋아난다

외로운 영혼아!
엊저녁 별이 찌처럼 빠져있는
호수
그 자체는 캔버스다
물의 거죽처럼

2
닭벼슬을 벗겨 모든 사람이
숭배하는
제단에 올려라

한 번도 그려보지 못한 곳
그녀의 영혼이
너절너절한 음행
밤의 질문

격정을 누그러뜨리기 위한
추억마저 거짓말한다는 것을

우린 그녀의 거짓말에 취해있었지

3
떨고 있는 눈빛
폭풍우가 휘몰아쳐도
척추가 휘어져도 죽음의 캔버스를
거슬러 오르는 연어
수백 년의 추억과
더불어 사라지는 눈빛들

연어는 숨이 찰까
언제쯤 꽃잎은 입을 열까
혀가 열릴까

4
한 번도 지나 가보지 못한 곳

수초와 꽃 사이에
그녀의 못 한 말
그녀의 발자국
그녀의 슬픔

그녀를 기다리고 있는
호수는 생각하지 않아도
머리 셋 달린 개가

3부

운동장

공이 굴러간다 공이 열을 낸다 잔디가 공에 묻어 굴러
간다 햇살을 감은 공이 굴러간다 내 발등에 햇살이 묻는
다 발등에 열이 난다 공이 굴러간다 잔디가 굴러간다 햇
살이 따라온다 내 발등에 열이 난다 내 몸에 열이 난다
내가 굴러간다

이방인

잎과 잎이 만드는 화음은
내 발밑에 묻혀있던 괴물이 깨어나는 소리

격정과 침묵의 숲에서 머리가 느끼는 죽음을, 가슴이
도망치지 못한 K를 나는 생각한다

과거에서 현재로 밀려들어 온 혈색 없는 낙엽에서 망
각 속에 잠들어 있는 K의 머리와 가슴이 내는 소리가 들
린다

낙엽을 밟으며 화음에 맞춰 나는 눈을 감았다 떴다 눈
을 비벼본다
나는 무거운 공기가 내리깔린 가슴과 머리가 따로 내
는 소릴 연주하는 고대도시의 악사

현재에서 과거로
과거에서 현재로
발굴된 유물처럼 깊숙이 박힌 K의 주검이 보이고, 멀
지 않은 곳에서 괴물의 눈도 보인다

나는 낯선 나를 밟고 지나간다

길

그늘이 밟힌다
자전거가 지나가고 낡은 운동화가 지나가고 부조리한
흔적만 남긴 길

지친 햇살이 흐느끼고 있다

너의 어깨가 내 가슴에 기대있고 내 팔이 네 목덜미를
스치듯
가지와 가지가 잎과 잎이 서로 맞닿아 있다

은행잎과 홍시가 뒤섞인 길에는 수채화의 물감처럼 그
림자와 햇살이 엉켜있다
원근법이 무시된 채 밟고 밟히는 것들
터진 홍시의 그림자가 나의 아픔

빛은 그냥 지지 않는다
노을이라는 징후를 남기지

노을이 이파리를 더욱더 선명하게 덧칠한다

나는 부조리한 흔적만 남긴 길을 지나간다
노을을 등 뒤로 밀어내면서

내원골

나는 검은 수화를 배우고 있다
은행잎들이 서로 눈꺼풀을 부딪칠 때 확장되는 내 눈
동자

빠르게 도는 영상처럼 실핏줄의 가지가
완전치 못한 검은 기호들을 떨구는 은행나무

눈꺼풀은 리셋 버튼이다

빗방울이 은행알과 함께 떨어진다

가지가 잎을 붙잡을 때 동시에 잎도 가지를 붙잡는 것
처럼
나는 너의 검은 손을 붙잡고 있다
죽음이라는 찰나의 상형문자

수의를 입은 흑백사진처럼 상처로 뒤덮인
무덤에 애도의 합창이 시작된다
같은 선율로 또는 옥타브 차이가 나는 선율로

떨리는 잎의 언어가 내 눈동자 속에 잠자고 있다

나는 검은 수화를 배우고 있다

눈 깜빡하면 무덤 하나 생겨난다
리셋되는 수화가 속눈썹에 매달리는

맹그로브 숲

실타래처럼 엉킨 불안한 저녁이 내린다

가지 사이로 달이 끼어 출렁대는 길

바짓단 걷어 올린
한 아이가 거울 속으로 들어간다

나머지 수천의 아이들이
마주 앉아 실뜨기처럼 어둠을 감는다
쉴 새 없이

앙상한 뿌리가 쪽배인 듯 중심을 잡고 서 있는 하구

진흙처럼 구름에 가려 들락거리는 달그림자
거울이 기우는 쪽으로 아이의 울음소리 들리는 맹그로
브 숲
숲에서 꼼작거리는 손가락 보인다

달이 노를 젓는다

울음을 두르고 있던 달빛이
가지를 비집고 들어와 내 장딴지에 기댄다

또 한 아이가 거울 속으로 들어간다

누가 어둠을 감고
누가 쪽잠을 자는지
깊이와 넓이를 내색하지 않는 거울이어서 밤의 울부짖
음을, 체취를
나는 뿌리를 보고 추측할 뿐이다

어둠의 문이 닫히는 순간
표정이 지워진 내 얼굴이 거울 안에서 나온다

그림자
— 까치밥

소식은 오지 않고 그림자가 먼저 얼른거린다

각각 다른 방향과 각도로 떨어진 감
주홍빛 상처가 흥건하다

익어간다는 건 가슴을 드러내는 일

심심해진 까치밥이 그림자놀이를 한다

첫 번째 그림자가 나가고
두 번째 그림자가 나가고
아흔아홉 번째 그림자가 나가고

차츰 근육이 물컹거리는 잎은 쪼그라든다
기별을 물고 있던 그림자에 눌린 가슴

잎이 흔들린다

찬바람이 불면 근육통이 나타났으므로

꼭지는 갓 바른 신신물파스처럼 화끈거린다

꿈에 매달린 시간
그림자가 점점 늘어난다 눈꺼풀이 처지듯

상처를 드러낸 할머니가 까치발로 나선다

남강둔치

1
성냥 대가리만 한 꽃몽오리

은유의 불이
깜빡 깜빡

초록 머리칼 사이로 보인다

2
너의 유혹에 눈물을 머금고 있는 누가 본다면 산수유
보다 매화꽃보다 먼저 봄의 문장을 밟을라
흔적과 이유 없이

너는 무수한 질문을 하듯 불 밝힌다 행성처럼
깜빡 깜빡

꽃이여! 강물이여! 별이여!

어차피 타올라 사그라질 은유지만 땋은 머리로 잠시

비밀스런 질문을 내려놔라

3

우리 뒤에 남은 것은 머리카락을 풀고 자신을 풀고 두
려움을 풀고 걸음걸음 옮기는 연인들의 백일몽 같은 과
거일 뿐

은유일 뿐

태피스트리
― 낙엽

인공 눈물 몇 방울 바닥에 떨어뜨렸다

신발이 모조 얼굴을 끌고 거울 속으로 들어갔다
암막에서 계단으로 갓 나온 것처럼
어리둥절해진 나

그곳엔 아직 자라지 못한 계절의 풀과 별과 아이가 보
인다
먼저 도착한 빛의 부족들
모조 얼굴을 한 것들이 가을빛과 함께 있다

지상에서 지하로 터전을 옮긴
천 개의 빛을 가진 나이테

나이테의 길을 주무르고 있는 어린 내가 보인다

길거리에서 거짓 눈물은 흔하지만
암막 속에 등장하는 주인공은 그 눈동자에도 있지
가을밤의 별처럼

모조 얼굴의 눈망울에
어느새 별이 반짝이고 있다

차양막처럼 눈썹을 닫으면
별은 자취를 감춰버리지만 또 다른 계절은 다가오지

끊임없이 아이가 거울 속으로 들어가고 있다

버드나무 2

1

검은 바람의 채찍이 내리친다 어둠이 베어 먹다 남긴
호수에

물비늘이 알약처럼 삼킨 달
갑작스레 지느러미가 돋아나 이리저리 꼬리를 흔든다
쪼그라져 있던 달의 꼬리가 근심스럽게 유영한다

슬픔의 줄기
불안의 잎이 흔들린다

2

아흔아홉 개의 손을 가진 부족이 막 저녁 안개에서 깨
어난 듯 아홉 번째 자궁이 열리고 양수가 터진다

자궁 속 예언된 나의 우울
깊은 슬픔에 갇힌 나의 이별

슬픔의 베일을 쓴 별빛이 나를 낚아챈다

어쩔 줄 모르는 난 발만 구르고 있다

3
내 존재의 비밀스런 곳
아홉 번째 자궁
나는
진흙으로 빚어진 당신의 알갱이죠
벗겨진 신발처럼 당신을 떠나온 시간의 나그네
검은 바람은 잎에 상처를 낸다

검은 채찍에 흩날린 나의 손금과 태반
당신은 아무도 알지 못하는 걸 알고 있는 아흔아홉 개
의 손이죠

4
떠다니는 잎은 미라화된 영혼
어제의 내가 검은 들것에 실려 간다

산수유 3

까마귀
발톱으로 머리로 구름 뭉치를 뚫는다
그 구멍 사이로 환하게 꽃이 피었다가 먹칠을 하였다
가 거친 숨을 내쉬는 동굴 같은 구름

꽃잎이 음산한 시간에 잠긴다
불빛이 가락을 만들고 그림자가 춤사위를 만들고 불빛
이 그림자를 만들지
가지에 앉아 노래하는 새들은 뭐지

기쁨을 누리고 있는 세이렌이여!
우리가 어디서 왔는지 묻지 마라

밤하늘에
구멍이 없었더라면 별사탕과 유혹의 노랫소리 만나지
못했겠지
그 가락과 춤사위를
이웃에서 이웃으로 번지는 회오리바람과 슬픔을 걷어
버려라 훼방꾼들아!

까마귀 떼 별들과 함께 사라져버렸다

외눈박이 거인이 지키던 동굴은 너무 많이 생략했으므
로 뒤따라가던 발자국들

운명조차 얼굴을 가렸다

운명이란 베개 곁에 별사탕만 남긴 채

벚꽃

물결이다가
구름이다가
울음이다가
허공을 긁는 소리

손톱으로 골을 내는
빗으로 젖은 머리칼 빗듯
길을 내는 소리

손가락 두 개로 사랑 표 만드는
허공을 긁는 소리
위급한 항해도 같은 비행운

허공으로 허공으로
쓰라린 세월을 떠올리게 하는
덧창문으로 되살아나는 온갖
소음

이것은

타오르다 사그라드는
손가락으로 바닥을 긁는 사랑의
머뭇거림

살이 타듯이
뛰어내리는
그냥 고개 숙이는
 다시
구겨 넣을 수 없는 물결음

봄

벽 사이로
초록 그림자가 새어 나온다

간밤에 달아나지 못한
꿈 한쪽을
검은 헝겊에 싸면서
곰곰이 생각했다

분노와 슬픔과 증오의
기계음을 토하는 계단을 밟고
들어갔다

창 하나밖에 없는 벽

곰곰이 생각했다
몽상가의 눈으로
은유의 그림자를

초록이라는 이름으로

야윈 봄에 선
인조 플라스틱의 그림자

헝클어진 벨트처럼
텅 빈 계단처럼

분노와 슬픔과 증오의 소음

치명적으로 연약한 한쪽이 잘려나간다
그래도
아직 한쪽은 정상이다

별똥별

물고기가 헤엄을 친다 그림자를 안고 있는 강엔 얼굴
을 감춘 물고기가 잠들었는지 두툼한 그늘을 덮고 있다
그러다가 기척이 나면 비늘을 떨군다 책 펼치는 척하는
아이처럼

4부

덕천강

황토물이 거침없이 일갈하며 지나간 자리
바닥이 드러난다

아직 내면의 목소리만 풀섶에 걸어두고
헤엄치는 피라미

아찔하다

비 다음에 진흙이 있고 진흙 다음에 신발이 있고 신발
다음에 비누가 있고 비누 다음에 손이 있다 아찔하다 다
음에 다음에 다가오는 건 우산이다 우산 다음에 수건이
있고 수건 다음에 눈물이 있고 눈물 다음에 이별이 있다
아찔하다 다음에 다음에 이별 다음에 내가 있고 내 다음
에도 내가 있고 내 다음에 내다움이 있다 아찔하다 내다
움이 있고 내 신발이 있고 내 비누가 있고 내 눈물이 있
다 내다움에 아찔한 내가 있다

달맞이꽃

1
달이 헤엄친다
수면을 들락거리는 몸통

몽상에 잠긴 달빛은
하우스에 녹아내리는 눈물

2
그는 예감할 수 없다
엉덩이가 빨갛다

팔목에 그은 자국

3
이따금 녹은 가루약처럼 입술에 거품이 인다
고향의 저녁과 똑같은 달을 보면

그는 엉덩이로 울었다

4
페니실린으로 물들어가는 하우스
주사기를 달고 있는 침대는 그의 이력서

엉덩이가 빨갛다
그의 망상이 달을 녹이고 있다

그림자
— 수몰지구

불안이 토사물처럼 쏟아지는 풍경
그려지고 지워지는

이젠 빗줄기가 철사처럼 찔러대는 홈
그 홈에 머리칼을 움푹 파인 가슴을 내미는 물결
호수는 반쪽 잘린 고양이 걸음마저 삼킨다

별빛과 그림자와 고양이울음이 잠긴 창틀
유리의 기억을 베어 먹은

마당 귀퉁이 고양이집처럼, 침대의 옹이처럼
아직 철사를 깨물고 있는 얼굴 없는 그림자를
살며시 토해내는 호수

베어 먹힌 고양이 걸음이 지워지고 그려지는 홈
조바심을 드러내는 가슴

곤히 잠든 몸뚱어리만 있고 얼굴 없는 네 모습
불량한 사랑을 들켜버린

네 울음 같은 걸쭉한 비가 내린다

고양이를 삼킨 비가

남강 유등

어디서 흘러왔을까
별빛인가 달빛인가 영혼인가

배 건너 사람도 너우니 사람도 돗골 사람도
모여서 등 구경을 하고 있다

누가 띄웠을까
어릴 적 잠자던 내 입속을 녹이던 별사탕처럼

내 상상력 속으로 흘러온
사탕 하나에 이름 하나
그들의 이름 하나에 영혼 하나
강물처럼 불어나는 등이 불을 밝힌다

(봉기인가 혁명인가 사건인가)

꿈을 울부짖던 그 날의 불그스레한 살점이 떠 있는
남강은 별빛을 쬐고 있다

그림자
— 쪽배

노을의 모서리에 떠 있는 이파리

가지 채 잘려나간 잎은
불그스레 아직 단풍잎 그대로다

빗물 위에 떠 있는 앞당겨온 가을빛

노을을 지워버린 자리엔 파랑이 인다

낙엽 뒤에 남은 것은
흐르다가 멈춘 눈물처럼
쪽배 뒤에 따라오는 물알갱이처럼

계절의 그림자로 가라앉는다

남은 것은
떠난 것들의 상처를 핥아주는 모서리
상처엔 노을도 노가 된다

쓸쓸한 가을을 젓다가 달콤한 저녁을 길어온 이파리

남강

나는 새벽에 꾼 꿈을 찾으러 나섰다
요기에 깨어났지만 너무나 짧았던 꿈을

강물은 넘실거렸고 치수가 맞지 않는 신발을 신고 있
는 나는 바람에 벗겨졌다

꿈속의 나는 어디로 가는지 알 수 없지만, 빨래터와
대밭과 활터와 싸움소가 아련거린다 감탄의 눈길로 바
라보던

내 발자국 가는 곳마다 벌써 강물은 과자처럼 강바닥
에 잘 뜯겨있다

강물에 담긴 달을 바라본다 잠자던 물고기가 내 가슴
에 와 닿는

나는 못내 아쉬워 내 혀에도 이빨이 돋아있다면
시간의 물렁뼈를 부숴
댓잎과 신발과 눈깔사탕을 만들 수 있겠지

꿈은 내 안에서 치솟았다 지워진다

나는 바람에 벗겨졌다
얼마나 많은 꿈길을 걷고 또 걸었던가
때때로 나는 길을 멈췄고 뒷모습만 보아도 알 수 있는
달도 사라졌다

여명이 뚫어놓은 꿈길에 꿈이 서로 섞인다
바람에 벗겨졌던 내 유년의 발자국이

그림자
— 예하리

널따란 연잎에 물방울이 고여 있다
잎에서 생겨난 그림자와 함께 어느 별에서 달려온
별빛이 박혀 있는 잎

볼 때마다 시간의 모양이 다르다

시벨리우스의 교향곡처럼
빗방울은 떨어지고 발걸음 빨라진다
별빛이 앵글을 맞추듯 시간은 꼬릴 내리고 그림자는
실루엣으로 악장과 악장을 넘나든다

물방울은 시간의 눈물

다채로운 선율에 따라 별을 상상하던 날
빗방울은 바이올린 소리로 들렸다

교향곡이 끝나갈 무렵 그가 떠나갔다
눈시울에 빗방울이 젖어 든다
떨리는 뿌리

물속에서 발버둥치는 모양 다른
그림자가 시간을 굴리고 있다

게

1
공이 구른다
그의 가슴에 구멍이 나 있다

검은 별이 느릿느릿 녹아내린다

2
미련을 버리지 못해 풀밭에 맴돌고 있는 공, 자신의
호흡을 들키지 않길 바라는 공

해질녘 빛이 빠져나가는 구멍처럼 살짝 빠져나가는 그
의 숨
이따금 녹은 별사탕처럼 입술에 거품이 인다
공은 예감할 수 없다 이별의 히스테리

3
이성적 감정은 없지만 공의 가슴엔 구멍이 나 있다 몽
상에 잠긴 별빛이 거품처럼 풀섶에 내린다

오늘의 햇살이 어제의 별빛을
내일의 별빛이 오늘의 햇살을 쪼아대는

슬픈 별의 착란

4
별이 흔들린다
검은 공이 구른다

풀밭에 누워 있는 그는 자신의 가슴에 구멍을 내고 있다

내원사 계곡

풍경이 흔들린다 죽비를 친다

여울을 거슬러 오르는 별
바삐 벗어 던진 신발처럼 계곡에 홀로 빠진 물고기자리

징검다리가 보이고 자귀나무가 보이고 그녀가 보인다
풀벌레 소리 들리고 매미 소리 들리고 물소리 들린다 별
이 보이고 자귀나무 보이고 그녀가 보인다

가시 돋친 그녀의 목소리는 짜지도 비리지도 않다

여울을 통과하는 물과 같이 거침없는 것이어서 간이
맞다 바람이 분다 풍경소리 들리고 꽃잎이 떠내려온다

아직, 그녀의 눈동자엔 지느러미가 어른거린다

그림자
― 장당계곡

　물이 흐른다 시간이 흐른다 산이 묻혀있다 발걸음도
묻혀있다 바람이 분다 물이 흐른다 그림자가 흐른다 반
달곰이 운다 내가 운다 시간이 흐른다 이파리가 흔들린
다 그림자가 흔들린다 발걸음이 흔들린다 계곡이 운다
시간이 운다 반달곰이 운다 울음이 흐른다 그림자가 흐
른다 물이 흐른다 그림자 속에 내 울음이 흐른다

합천호

새들이 납덩이처럼
날았다가 가라앉는 합천호

간밤에 지나간 비릿한 별이 녹아있다

인근 수초에서 흘러내린
삶과 죽음과 꿈을 간직한 목어를

별사탕이 유혹한다 사이렌처럼

꿈을 쪼아대다 지쳐버린 붕어

미늘을 느꼈는지 꿈 밖으로 물러나
입맛 다신다

새소리 들린다

제자리에서 허탕만 치던 슬픈 물고기
호수를 눈 감긴다

새가 날았다
챔질을 한다

납빛의 꿈이 덧없지 않다는 듯

쪼아 만든
별사탕이 윤슬로 녹아내린다

산수유 4

그녀는 지리산으로 들어갔다

그녀의 비박, 가슴은 핏빛으로 가득 차 있다

그녀는 그림자였다

그녀는 삐라였다

빛과 어둠, 삶과 죽음의 콜라주
― 박우담의 시 세계

권 온(문학평론가)

1

임마누엘 칸트는 예술에 있어서 목적 없는 목적성(Art is purposive(ness) without purpose.)을 이야기한 바 있다. 그에 따르면 예술 또는 그것이 추구하는 미美는 다른 목적에 의존하지 않고 자율성을 갖는다. 미학적 판단에는 목적이 없다(the aesthetic judgment does not have a purpose.)는 칸트의 진술은 박우담의 시편詩篇을 이해하려는 이 글에 작지 않은 도움을 줄 것으로 기대한다.

박우담의 이번 시집은 시인의 네 번째 시집이다. 53편의 시를 담고 있는 이 시집은 네 개의 부로 구획되어 있다. 이 글은 제1부에서 두 편, 제2부에서 세 편, 제3부에서 한 편, 제4부에서 두 편의 시를 뽑아서 박우담의 시세계를 이해하려는 시도이다. 2004년 비교적 늦은 나이에 시인의 이름을 얻은 그는 16년의 시간이 흐른 현재에도 여전히 시를 향한 뜨거운 에너지를 뿜어내고 있다. 우리는 그 뜨거운 에너지의 원천과 결과를 동시에 확인하고 싶다.

「별빛 무도회」「태피스트리」「베아트리체의 미로」「네안데르탈 17—플랫」「길」「버드나무 2」「아찔하다」「그림자—예하리」 등 여덟 편의 시는 박우담이라는 이름의 길에서 만나게 되는 여덟 개의 징검다리이다. 이 글을 읽는 당신은 선택받은 자가 아닐 수 없다. 시인을 이미 알고 있던 독자라면 그의 시 세계의 변모에 놀라게 될 수 있고, 시인을 새롭게 만나는 독자라면 한국시의 낯선 보석을 발견하는 기쁨을 누리게 될 가능성이 크다.

2.

　몽상에 잠기는 당신
　먼저 온 발자국은 지워지고 그 자리에 탐욕스런 그림자가 비스듬히 엉켜 붙는다

　늘 망막 둘레만큼 풀어지고 감기는 그림자

　잡초에 가려 볼 수 없었던 몽상에 잠긴 당신의 영혼을
　증오와 상처로 부푼 비밀을 고백할 수 있을까

몽상에 잠길 때 당신의 망막을 통해 도취된 시간의 이파리가 꿈과 뒤섞인다
표현할 수 없는 빛 알갱이와 숨의 그림자는 샴

서로 틈새를 만들기 위해 있다는 듯
당신의 숨구멍 가장 깊은 곳에 비밀이 있다는 듯
증오와 상처로 부푼 어둠과 빛이 흘러나온다

헝클어진 실밥처럼
찢어진 혈관처럼
비밀 안에서 기울어진 비밀이
당신이 흘러내린다

서로 떨어져야 할 운명
당신은 처음이자 마지막 길을 떠난다
망막이 뿌려놓은
수천의 꿈과 뒤섞인 채

—「별빛 무도회」 전문

'당신'을 알고 싶은 이가 있다면 이 시를 읽을 것을 권한다. '당신'은 "몽상에 잠기는" 인물이다. '당신'은 '몽상夢想' 그러니까 꿈속의 생각 또는 실현성이 없는 헛된 생각에 빠져드는 인물이다. 몽상에 빠져있는 '당신'을 이해하려면 우선 '그림자'에 주목해야겠다. 1연의 "탐욕스런 그림자"가 그것의 구체적인 이름이다. 그림자는 3연에

서 "증오와 상처로 부푼 비밀"로 연결된다. '당신'에게 '탐욕' '증오' '상처' 등 부정적인 요소만 가득한 것은 아니다. 그에게는 '어둠'과 '빛'이 함께 존재한다. 4연의 "표현할 수 없는 빛 알갱이와 숨의 그림자는 샘"은 이를 보여주는 대표적인 어구이다. 5연의 "증오와 상처로 부푼 어둠과 빛" 역시 같은 맥락에서 이해할 수 있다. 당신의 '몽상'은 단순한 헛된 생각이 아니다. 4연의 "몽상에 잠길 때 당신의 망막을 통해 도취된 시간의 이파리가 꿈과 뒤섞인다"라는 진술은 지극히 아름답다. 빛과 어둠이 뒤섞인 생生의 가치를 적확하게 포착한 박우담 시인의 시적 역량이 대단하다.

1
여분의 바람이 분다

날개로 깨어나고 날개 위에 잠드는 바람
고추잠자리 트랙 너머를 맴돌고 있다
버거워 보이는 날개로

끝이란 없다 그 너머가 있을 뿐

2
바람에 시달린 날개가 수놓고 있는 그림
인조잔디 씨앗만큼 많은 날갯짓으로 그림자를 풀어주며
당기는 때때로 천을 붉게 물들이는 바람

무리에서 이탈한 녀석이 트랙은 안중에도 없이 곧장 날
아 자기 몫의 그림을 새긴다

3
때때로 앞으로, 뒤로, 옆으로, 나를 따라다니던 그림자
갈 곳이 정해진 듯 날갯짓이 계절의 문양을 수놓는다

운동장을 벗어난다는 건 그림자와 색의 여분을, 경계를
알아차리는 것

4
나는 너머와 너머를 서로 연결하는 내 날개의 매듭을 묶
는다

—「태피스트리」전문

이 시의 제목이기도 한 '태피스트리tapestry'는 여러 가
지 색실로 그림을 짜 넣은 직물을 의미한다. 박우담은
이 작품을 1~4의 네 부분으로 구분하여 표현하고 있는
데 이는 다양한 색채로 형상화하는 태피스트리와 닮았
나. 1은 '바람'과 '고추잠자리'의 등장을 알린다. 2의 첫
행 "바람에 시달린 날개가 수놓고 있는 그림."은 '바람'과
'잠자리'가 어우러지는 아름다운 풍경을 보여준다. 여기
에서 잠자리가 그리는 '그림'은 태피스트리에서의 '그림'
과 소통할 수 있다. 2의 두 번째 부분 곧 "무리에서 이탈

113

한 녀석이 트랙은 안중에도 없이 곧장 날아 자기 몫의
그림을 새긴다."에 주목할 필요가 있겠다. '녀석' 곧 '잠
자리'는 '트랙'을 신경 쓰지 않는다. 잠자리에게 트랙은
중요하지 않다. 잠자리는 정해진 길을 거부하고 '자기 몫
의 그림'을 그릴 뿐이다. 시인은 우리에게 '트랙'을, '운동
장'을, '경계'를 벗어날 것을 주문한다. 박우담에 따르면
"끝이란 없다. 그 너머가 있을 뿐."이다. 시인은 '끝'을
두려워하지 말고 '그 너머'로 날아가 볼 것을 권유한다.
'내 날개'를, 스스로의 날개를 찾아 자유롭게 살아갈 것
을 제안한다.

고양이가 별빛을 핥는 지붕에 꽃이 피었다
외로운 영혼의 집

어릴 적 흔들리던 내 이빨도 먼 길 떠난 아버지가 남긴
옷도
지붕으로 갔다

몸통과 방울을 와송에 벗어놓고 고양이는 먹이를 찾아
간 걸까
아니면
먼 길 떠난 이들의 혼을 좇아간 걸까

아무도 탈색시키지 못하는 꿈

미로는 길을 만나서 또 다른 길을 만든다
허약하고, 침울하고, 혐오스러운
내가 보지 못한 길을 고양이는 알아채고 걸어간다
중력을 거부하려는 꿈
꿈을 울부짖는 너는 방울을 단 반골

나는 꿈속에서 길을 잃었다
그림자처럼 불안은 길어졌다

길 떠난지 오래된
슬픈 영혼을 너는 볼 수 있을까

길은 길을 만나서 또 다른 길을 만든다
폐부 깊숙한 곳에서 숨을 끌어올린 지붕은
노인의 허리처럼 자꾸 낮아진다

고양이 울음소리가 나를 끌고 어디로 가고 있다
—「베아트리체의 미로」전문

'베아트리체Beatrice'는 이탈리아의 시인 '단테Alighieri Dante'가 사모한 여인이다. 그녀는 단테의 저작 『신곡La divina commedia, 神曲』에 등장하는 인물이기도 하다. 박우담은 여기에서 베아트리체의 '길'을 이야기한다. 그에 따르면 그 길은 단순한 길이 아닌 '미로迷路'이다. 박우담의 이 시는 독자들에게 '미로'로서의 '길'을 소개한다. 시인은 또한 그 길의 동반자로서 '고양이'를 제시한다.

'베아트리체의 미로'는 "허약하고, 침울하고, 혐오스러운" 길이다. 시적 화자 '나'는 베아트리체 또는 '너'의 길을 걷는다. '나'는 '너' 때문에 "길을 잃"거나 "불안"하다. '나'는 미로를 걸으며 '베르길리우스'나 '아킬레우스' 또는 '오디세이' 같은 '슬픈 영혼'을 만나기도 한다. '나'가 만난 '슬픈 영혼'은 "길 떠난지 오래된" 사람들이다. 같은 맥락에서 '나'의 '아버지' 역시 "먼 길 떠난" 상황이다. 이 시는 '나'가 먼 길을 오래전에 떠난 슬픈 영혼들을 만나는 과정을 보여준다. 독자들은 미로를 걷는 '나'의 행로를 관찰하면서 삶과 죽음의 긴밀한 관계를 이해할 수 있다. "미로는 길을 만나서 또 다른 길을 만든다"라는 진술은 이를 가리킨다. 누구나 '삶'을 살다가 언젠가 '죽음'을 맞이하게 된다. "고양이 울음소리가 나를 끌고 어디로 가고 있다"는 진술을 읽으며 우리는 '단테'와 '베아트리체'가 그러했듯이 '나' 역시 삶과 죽음 사이에서 계속 걸어갈 것임을 알게 된다.

구름과 바람과 눈물은 그리움에 가닿아 있다

꽃잎 속엔 구멍이 있고
그 구멍 속엔 별이 숨어 있지

꽃잎이 까매지는 까닭을

입술이 창백해지는 징후를 꽃은 말하지 않지

창틀이 뿌리를 갉아도
검은 비가 도로를 지워도 발목만 보일 뿐

그리움은 샵에서부터 플랫까지의 거리
플랫에서 샵까지의 높이
더 높이 보는 건 상상력의 몫이지

상상력은 높낮이의 은유

모든 중심은 뿌리에 가까우므로
역사는 나이테이므로
낮게 낮게 동굴로 모여들어 중심을 잡지

구름을 끄는 돌계단처럼 안개가 몸을 낮춘다

그러다가
내 가슴의 구들장을 때린다
바람과 구름과 눈물방울이 허기를 편곡하듯 비울음을 뿌
린다

울음은 태양의 부스러기
내 몸속에도 울음을 길어 올리는 악보가 있다
지레 움찔하는 음지가 있다
높낮이가 있다

꽃잎 속엔 별이 숨어 있지

균열된 지하 바닥에서 올라온 색깔 다른 벽지
꽃잎은 색바랜 가슴을 떨고 있다

나는 울음을 잘 모르면서 울음을 그리워한다
구멍 속으로 꽃잎이 잠을 옮긴다
　　　　　　　　　　—「네안데르탈 17—플랫」 전문

　본질적인 요소를 풍성하게 품고 있는 시이다. 여기에
는 '상상력'과 '은유'가 있으며 '샵'이나 '플랫' 같은 '음악
(성)'이 있다. 박우담은 이곳에서 '그리움'이라는 감정과
'울음'이라는 현상에 주목한다. 시인이 집중하는 '그리움'
은 '구름'이나 '바람' 같은 자연물과 연결된다. '그리움'은
또한 '음악'이나 '상상력' 또는 '은유'와 조화를 이룬다. 그
리고 '역사'를 아우르면서 시의 깊이를 확보한다. 이 작
품은 좋은 시로서의 요건을 충실하게 획득하고 있는 것
이다.
　이 시의 또 하나의 강점은 시적 화자 '나'의 등장과 무
관하지 않다. "내 가슴의 구들장을 때린다" 또는 "내 몸
속에도 울음을 길어 올리는 악보가 있다" 같은 진술은
'울음'과 '나'의 드라마틱한 '도킹docking'을 보여준다. 박우
담이 바라보는 '울음'은 자연물과 소통한다. "울음은 태양

의 부스러기"와 "바람과 구름과 눈물방울이 허기를 편곡
하듯 비울음을 뿌린다" 등의 표현에서 이를 확인할 수 있
다. "내 몸속에도 울음을 길어 올리는 악보가 있다"라는
진술은 '울음'과 '음악(악보)'의 감각적인 컬래버레이션
collaboration을 보여준다. 시의 본질 또는 핵심을 마주하고
싶은 독자들이라면 간과할 수 없는 작품이 여기에 있다.

　그늘이 밟힌다
　자전거가 지나가고 낡은 운동화가 지나가고 부조리한 흔
적만 남긴 길

　지친 햇살이 흐느끼고 있다

　너의 어깨가 내 가슴에 기대있고 내 팔이 네 목덜미를
스치듯
　가지와 가지가 잎과 잎이 서로 맞닿아 있다

　은행잎과 홍시가 뒤섞인 길에는 수채화의 물감처럼 그림
자와 햇살이 엉켜있다
　원근법이 무시된 채 밟고 밟히는 것들
　터진 홍시의 그림자가 나의 아픔

　빛은 그냥 지지 않는다
　노을이라는 징후를 남기지

노을이 이파리를 더욱더 선명하게 덧칠한다

나는 부조리한 흔적만 남긴 길을 지나간다
노을을 등 뒤로 밀어내면서

—「길」전문

'길'은 다수의 예술에서 등장했고, 지금도 등장하고 있으며, 앞으로도 등장할 가능성이 크다. 시인을 비롯한 예술가들이 작품에 '길'을 도입하는 까닭은 그것이 '삶'과 닮았기 때문일 테다. 박우담이 주목한 '길'에는 '그늘'과 '낡은 운동화'와 '부조리한 흔적' 등이 그득하다. 그 길 주위에는 "지친 햇살이 흐느끼고 있다" 그 길은 "터진 홍시의 그림자가 나만의 아픔처럼 흥건한 길"이기도 하다.

시인이 형상화하는 길은 밝고 따뜻하고 쾌적하지 않다. 오히려 그가 그리는 길에는 어둡고 춥고 불쾌한 것들이 가득할 게다. 그럼에도 불구하고 우리가 박우담의 '길'을 걸으며 마냥 불행한 것은 아니다. 그곳에는 "너의 어깨가 내 가슴에 기대있고 내 팔이 네 목덜미를 스치듯/ 가지와 가지가 잎과 잎이 서로 맞닿아 있"기 때문이다. 시적 화자 '나'와 '너'의 연대連帶는 자연물과 자연물의 연대이기도 하다. 시인이 펼치는 길은 '그림자'만으로, '부조리한 흔적'만으로 이루어진 게 아니다. 거기에는 "수채화의 물감처럼 그림자와 햇살이 엉켜있다" 박우담에 따르면 길에서 "빛은 그냥지지 않"고 "노을이라는 징후를 남"긴다. 우리들 각자의 삶 역시 그러할 것을 믿는다.

1

검은 바람의 채찍이 내리친다 어둠이 베어 먹다 남긴 호수에

물비늘이 알약처럼 삼킨 달
갑작스레 지느러미가 돋아나 이리저리 꼬리를 흔든다 쪼그라져 있던 달의 꼬리가 근심스럽게 유영한다

슬픔의 줄기
불안의 잎이 흔들린다

2

아흔아홉 개의 손을 가진 부족이 막 저녁 안개에서 깨어난 듯 아홉 번째 자궁이 열리고 양수가 터진다

자궁 속 예언된 나의 우울
깊은 슬픔에 갇힌 나의 이별

슬픔의 베일을 쓴 별빛이 나를 낚아챈다
어쩔 줄 모르는 난 발만 구르고 있다

3

내 존재의 비밀스런 곳

아홉 번째 자궁

나는

진흙으로 빚어진 당신의 알갱이죠

벗겨진 신발처럼 당신을 떠나온 시간의 나그네

검은 바람은 잎에 상처를 낸다

검은 채찍에 흩날린 나의 손금과 태반

당신은 아무도 알지 못하는 걸 알고 있는 아흔아홉 개의

손이죠

4

떠다니는 잎은 미라화된 영혼

어제의 내가 검은 들것에 실려 간다

—「버드나무 2」전문

이 시를 이끄는 이미지의 흐름을 따라가 보자. 1의 '검
은 바람'과 '어둠' '슬픔'과 '불안', 2의 '우울'과 '슬픔' 그리
고 '이별', 3의 '시간'과 '상처'와 '검은 채찍', 4의 '미라화
된 영혼'과 '검은 들것' 등이 눈에 띄는 어휘이다. 이 작
품에는 불안이나 우울 또는 슬픔 같은 감정이나 느낌이
가득하다. 그것이 극대화하면 결국 이별과 죽음으로 귀
결될 수 있을 테다.

2에는 '자궁'과 '양수'가 등장한다. 이곳은 시적 화자
'나'의 탄생과 그에 따른 고뇌가 출발하는 지점이기도 하
다. 스스로의 존재에 대한 '나'의 물음은 3으로 이어진

다. "진흙으로 빚어진 당신의 알갱이"나 "벗겨진 신발처럼 당신을 떠나온 시간의 나그네" 그리고 "나의 손금과 태반" 등의 어구에서 독자들은 '나'와 '당신'의 관계를 확인한다. '당신'은 '나'라는 존재를 낳은 인물이다. '당신'은 어머니일 수도 있고 절대자일 수도 있고 또 다른 무엇일 수도 있다. 박우담은 이 시에서 "자궁 속 예언된 나의 우울"을 형상화하였다. 인간은 잉태되는 순간부터 우울할 수 있다는 것. 삶은 죽음을 피할 수 없다는 것. '나'는 '당신'과의 이별을 피할 수 없다는 것.

> 비 다음에 진흙이 있고 진흙 다음에 신발이 있고 신발 다음에 비누가 있고 비누 다음에 손이 있다 아찔하다 다음에 다음에 다가오는 건 우산이다 우산 다음에 수건이 있고 수건 다음에 눈물이 있고 눈물 다음에 이별이 있다 아찔하다 다음에 다음에 이별 다음에 내가 있고 내 다음에도 내가 있고 내 다음에 내다움이 있다 아찔하다 내다움이 있고 내 신발이 있고 내 비누가 있고 내 눈물이 있다 내다움에 아찔한 내가 있다
>
> ―「아찔하다」 전문

'아찔하다'의 사전적 의미는 '갑자기 정신이 아득하고 조금 어지럽다'이다. 이 시를 읽는 독자는 과연 아찔함을 느낄 수 있을까? 박우담은 여기에서 '연쇄법'을 활용한다. '비'→'진흙'→'신발'→'비누'→'손'으로의 연결이 첫 번

째 흐름이다. '우산'→'수건'→'눈물'→'이별'의 연쇄가 두 번째 흐름이다. 우리는 이상의 두 개의 흐름이 비교적 자연스럽게 이어지고 있음을 쉽게 확인할 수 있다.

　시인의 진심이 담긴 부분은 작품의 후반부라고 생각한다. '이별' 이후에 시적 화자 '나'가 등장한다. "내 다음에도 내가 있고 내 다음에 내 다움이 있다"라는 진술에 주목하자. '이별'이라는 부정적 상황을 겪은 후 스스로에게 집중하는 '나'의 모습은 자연스럽다. '내 다음'과 '내 다움'을 연결하는 대목은 단순한 언어유희가 아니다. 그것은 진정한 '나'를 찾아가는 여정이다. '내 다움' 이후에 다시 '내 다움'→'내 신발'→'내 비누'→'내 눈물'이라는 흐름이 전개된다. '신발'이나 '비누' '눈물' 등은 앞의 흐름에서 나왔던 대상들이지만 이번 연쇄에서의 그것들은 앞에서와 다른 면모를 보여준다. '나'와 결합하여 등장하는 '신발' '비누' '눈물' 등은 이제 단순한 사물이 아니다. 그것은 '내 다움'이자 '아찔한 나' 자체이기 때문이다.

　　　널따란 연잎에 물방울이 고여 있다
　　　잎에서 생겨난 그림자와 함께 어느 별에서 달려온
　　　별빛이 박혀 있는 잎

　　　볼 때마다 시간의 모양이 다르다

　　　시벨리우스의 교향곡처럼

빗방울은 떨어지고 발걸음 빨라진다
별빛이 앵글을 맞추듯 시간은 꼬릴 내리고 그림자는
실루엣으로 악장과 악장을 넘나든다

물방울은 시간의 눈물

다채로운 선율에 따라 별을 상상하던 날
빗방울은 바이올린 소리로 들렸다

교향곡이 끝나갈 무렵 그가 떠나갔다
눈시울에 빗방울이 젖어든다
떨리는 뿌리

물속에서 발버둥치는 모양 다른
그림자가 시간을 굴리고 있다

―「그림자―예하리」 전문

진주 출생인 시인이기에 언젠가 예하리에 가 본 적이
있을 터. 경상남도 진주시 정촌면 예하리에는 '강촌연못'
이 있다. 이 시의 배경에는 예하리의 연못이 자리하고
있을 것으로 추정한다. 작품에 출현하는 '연잎'이나 '물방
울' '연잎밥' 등의 어휘를 살피다 보면 우리의 추정이 상
당한 설득력을 확보하고 있음을 알게 된다.

박우담은 이 시에서 예하리의 연못과 그 주변의 아름
다운 자연물을 풍성하게 담아낸다. 특히 '물방울' '빗방

울' '별(빛들)' 등의 표현이 탁월하다. 1연의 "어느 별에서 달려온/ 별빛들이 박혀 있는 잎"이나 3연의 "그림자는/ 실루엣으로 악장과 악장을 넘나든다" 그리고 5연의 "빗방울은 바이올린 소리로 들렸다" 등을 읽는 독자는 시와 음악의 멋진 조응照應에 감탄하게 된다. 빗방울의 낙하를 보며 '시벨리우스의 교향곡'을 떠올리는 시인의 시안詩眼이 든든하다. 박우담은 또한 여기에서 아름다운 자연물을 스케치하면서 '시간'이라는 테마를 다룬다. 시간은 '이별'을 포함한 '생生' 바로 그것이리라.

3.

　박우담의 제4시집을 살펴었다. 시인은 「별빛 무도회」에서 빛과 어둠이 뒤섞인 생生의 가치를 정확하게 포착하였다. 그는 삶이란 빛만으로 이루어진 것도 아니고 어둠만으로 이루어진 것도 아님을 간파하였다. 박우담은 우리에게 긍정적인 요소와 부정적인 요소가 뒤섞인 복합적인 구조물로서의 삶을 보여주었다. 「태피스트리」에서 시인은 독자에게 '트랙'을, '운동장'을, '경계'를 벗어날 것을 주문하였다. 그에 따르면 "끝이란 없다. 그 너머가 있을 뿐."이다. '끝'을 두려워하지 말고 '그 너머'로 날아가 볼 것을 권유하는 박우담의 제안이 아름답다.
　「베아트리체의 미로」를 읽는 이는 미로를 걷는 시적 화자 '나'의 행로를 관찰하면서 삶과 죽음의 긴밀한 관계를 이해하게 된다. "고양이 울음소리가 나를 끌고 어디로 가고 있다"라는 진술을 읽으며 우리는 '단테'와 '베아트리체'가 그러했듯이 '나' 역시 삶과 죽음 사이에서 계속 걸어갈 것임을 짐작한다. 「네안데르탈 17―플랫」에는 '상상력'과 '은유'가 있으며 '샵'이나 '플랫' 같은 '음악(성)'이 있다. 시인이 집중하는 '그리움'은 '구름'이나 '바람' 같은 자연물과 연결되고, '음악'이나 '상상력' 또는 '은유'와 조화를 이룬다. '역사'를 아우르면서 시의 깊이를 확보한 이 작품을 읽는 독자는 시의 본질 또는 핵심을 마주할 수 있다.

「길」에서 박우담이 형상화하는 길은 밝고 따뜻하고 쾌적하지 않다. 오히려 그가 그리는 길에는 어둡고 춥고 불쾌한 것들이 가득하다. 그러나 우리가 박우담의 '길'을 걸으며 마냥 불행한 것은 아니다. 시인에 따르면 길에서 "빛은 그냥지지 않"고 "노을이라는 징후를 남"긴다. 우리들 각자의 길 또는 삶 역시 그러할 것으로 믿는다. 「버드나무 2」에는 불안이나 우울 또는 슬픔 같은 감정이나 느낌이 가득하다. 그것이 극대화하면 이별과 죽음으로 귀결될 수 있을 테다. 박우담은 이 시에서 "자궁 속 예언된 나의 우울"을 형상화하였다. 인간은 잉태되는 순간부터 우울할 수 있다는 것. 삶은 죽음을 피할 수 없다는 것. '나'는 '당신'과의 이별을 피할 수 없다는 것.

시인이 「아찔하다」에서 '내 다음'과 '내 다움'을 연결하는 대목은 단순한 언어유희를 뛰어넘는다. 그것은 진정한 '나'를 찾아가는 여정이다. '나'와 결합하여 등장하는 '신발' '비누' '눈물' 등은 단순한 사물이 아니다. 그것은 '내 다움'이자 '아찔한 나' 자체이다. 「그림자—예하리」를 읽는 독자는 시와 음악의 멋진 조응에 감탄할 게다. 빗방울의 낙하를 보며 '시벨리우스의 교향곡'을 떠올리는 박우담의 시안이 든든하다. 시인은 또한 아름다운 자연물을 스케치하면서 '시간'이라는 테마를 다룬다. 시간은 '이별'을 포함한 '생生'일 테다.

박우담의 시를 읽는 일은 시 본연의 가치를 확인하는 과정과 다른 말이 아니다. 시인의 작품에는 '삶'이 있다. 그가 형상화하는 '삶'은 늘 '죽음'을 염두에 둔 것이어서 때로 불편함을 야기할 수도 있으나 그러하기에 진실에 가까이 다가선다. 박우담의 이번 시집은 시가 '언어'이자 '음악'이며, '은유'이자 '상상력'임을 또한 '역사'임을 넉넉하게 입증하였다. 시인이 추구하는 시는 또 그것이 추구하는 미학美學에는 거창한 목적이 있는 게 아니다. 그가 생각하고 표현하는 시 세계는 자율적으로 움직인다. 박우담의 시는 인간이 태어나서 살아가다 죽음에 이르는 과정처럼 자연스럽게 흘러갈 뿐이다. 시인의 시 세계가 더욱 넓고 깊은 파동으로 나아가기를 기원한다.